UNA LETRA DE CAMBIO

Joaquín Dicenta

Era angosta y encuestada la calle: calle de barrios bajos madrileños. Alfombrábanla por su centro guijarros en punta, y servían de orla a tal alfombra dos aceras estrechas, que iban cuesta, arriba y cuesta abajo en franco e independiente desnivel.

De las casas arraigadas sobre las dos aceras, no hablemos; si independientes en su desnivel eran éstas, éranlo más aquéllas en sus arquitecturas. Habíalas altas, de cinco pisos, hombreándose junto a casuchos en que sólo una ventana y una puerta daban testimonios de ventilación. Unas ostentaban en sus remates aleros, adornados con canalones prontos a convertirse en duchas de sorpresa, para el transeúnte, a poco que diesen las nubes en llover; otras ufanábanse con balcones de hierros negros y torcidos, que hacían pensar en los últimos Austrias; cuales con balconcetes minúsculos, que revivían a los penúltimos Borbones; algunas se acortinaban con enredaderas o se volvían jardín a puro rellenarse de tiestos; no escasas afeitaban su vejez con revoques o enlucían sus huecos con todo linaje de multicolores harapos. Por la mayor parte salía un rumor continuo, formado con todos los gritos que puede lanzar un ejército de mujeres, y todos los juramentos que puede proferir una legión de hombres, y todos los llantos que puede promover una colmena de chiquillos. Y es que las tales casas pertenecían a las llamadas de vecindad, a las que en buena ley debieran llamarse antesalas del infierno, purgatorios donde la suciedad tiene su palacio, el hombre su banderín de enganche y la desdicha humana su natural habitación. En una de estas casas, que dentro de poco serán un recuerdo arqueológico para los vecinos de Madrid, vivía mi persona, que, dentro de poco también, será, si consigue serlo, un recuerdo para los jóvenes que ahora la saludan.

Mas ¡ay! que a mi persona ocúrrele todo lo contrario de Madrid. A cada año que pasa va hermoseándose y rejuveneciéndose la villa; yo a cada año que pasa voy, no diré afeándome, porque nunca fui hermoso, sea en hora buena, pero sí aviejándome, a tal extremo, que de aquí a tres quinquenios es casi seguro que no reconociera, si ella resucitase, al fruto de su vientre la propia madre que me parió.

Pues sí, allá vivía esta persona, en un segundo piso, que era en invierno sucursal directa de los polos, en verano historial de insectos y en toda época rigorosa cuaresma, por obra y gracia de la patrona más gorda que puso el destino en la tierra para enflaquecimiento y ayuno de estudiantes.

Estudiante era yo y bajo el poder de esta patrona padecía, en un cuartito de dos metros cuadrados, a los diez y ocho años de mi edad y a mi cuarto año de Derecho.

Claro que, oficialmente, mi año de Derecho era el segundo; pero en lo que toca a mi madre y a mi ingreso en la Facultad, era el cuarto con las pesas corridas, pues ya por el quinto me entraba.

Cosas de los chicos y cosas de las madres también. Empeñóse la mía en que yo pelechaba de Licurgo y me empeñé yo en que así había nacido para hombre de ley como para clérigo; dio ella en creer lo primero con todas sus veras; yo en negarlo con todas mis acciones; y véase cómo ella, terca en que yo vistiese la toga, y yo, terco en que no la había de vestir, pasáronse cuatro años sin que me desligara del segundo.

Honradamente hubiera debido desengañar a mi progenitora quitándole gastos que ningún interés iban a rendirme y esperanzas que en desengaños habían de trocarse.

Pero mi madre tenía un genio de los mismísimos demonios y una testarudez cumplidamente aragonesa. «¡Abogado serás, abogado serás!, me gritaba siempre. Ese es tu porvenir. ¡Desventurado de ti si no lo cumples, y más desventurado si me pierdes siquiera un curso!

¿Qué hacer con una madre que se transformaba en fiera cuando movían la toga presunta de su hijo? Pues nada; lo que yo. Falsificar matrículas, rehacer papeletas de examen, mentir como el más perfecto bellaco, gastar en divertirme el dinero que me enviaban para libros y escribir versos a la luna, al sol y a todas las estrellas, hasta que mi madre, enterada de mis embustes, me las hiciera ver de su tamaño natural y con sus luces respectivas.

Ello es que mientras seguía el embuste -aún faltaban dos años para que el embuste se descubriera y yo llevase al pueblo a cuenta de títulos académicos un montón de papeletas usurarias- no lo pasaba mal del todo.

Diez y ocho años pueden mucho; los míos pudieron hasta con mi patrona y con su trato cocineril, que ya fue poder.

Un mi tío, empleado en la Deuda, pagaba las mías y mis tres pesetas de hospedaje, por cuenta de mi madre, naturalmente; y ni mi estómago, hecho ya a los diarios chocolates, garbanzos y guisotes de la enorme patrona, se quejaba, ni mi cuerpo repugnaba el duro camastro, ni mi sueño se turbaba, durante el invierno, por los picotazos del frío y, durante el verano, por los picotazos propios en semejantes casas a las fecundidades del calor estival.

Sabía de billar lo suficiente para buscarme seis u ocho realejos a las treinta y cuarenta y una; de casas de préstamos, lo preciso a encontrar siempre res duros por mi capa, y de literatura, lo sobrado para hablar mal de todo el mundo y no encontrar buenos más versos que los escritos por mí y cinco o seis genios de mi estofa.

A más, no era yo mozo despreciable. En tal punto habían coincidido, hasta entonces, una ni ñera, una ribeteadora de chalecos y la criada de la casa de huéspedes. Palabra de honor que mi pa trona creía lo mismo; pero, palabra de honor también que nunca hice alto en sus creencias y que y jamás las convertí en realidades.

Bien puedo hablar de aquellos años al cabo de los transcurridos. Era yo un mozo de buen ver, con cierta gallardía en los andares y no escasa expresión en los ojos; añádase que tenía blanca y firme la dentadura, que usaba un bigotillo vuelto hacia las nubes y que tocaba la guitarra unos pocos; añádase, y se comprenderá, que el estudiantuelo podía hacer blanco en el corazón de la más rebelde fregatriz y aun en el de la más goyesca oficiala de este u el otro oficio.

Tal fue en aquellos tiempos el protagonista de mi historia; tal fuí entonces. ¡Entonces!... De ese entonces sólo me quedan un retrato de hoja de lata, un poema, también de hoja de lata y un recuerdo agridulce que ahora procuraré evocar, evocando con él los días venturosos de mi primera juventud.

Por volverá esos días diera gustosamente cuanto he llegado a ser y a valer en el mundo. ¡Qué envidia siento hacia vosotros, mozos de diez y ocho años a veinticinco! ¡Qué envidia os tengo, aunque comáis garbanzos duros y escribáis versos más duros que los garbanzos de aquella patrona!

Dichosos años los en que se vive para vivir la vida. ¡Tristes años los que necesitan emplearse recordando la vida que fue o teniendo por sola esperanza vivir en la memoria de otros después de la muerte!...

Una casa, frontera a la mía, distinguíase de las restantes por su aspecto. De nueva construcción, con tres pisos exteriores y sin interior de ninguna especie, era la señorita de la calle y humillaba con su elegancia a las demás. Del portal anchuroso no salían gritos soeces ni pútridos olores; en sus balcones había plantas y no pingos; en su fachada adornos y no desconchaduras; su alero era coquetón, recocido, empenachado con blancas chimeneas, y sus canales, conductores del agua llovida, marchaban directamente a la atarjea por los interiores del muro.

Y ¡ay!, de ser exclusivamente la casa excepción en la calle, apenas la recordara yo; pero también era excepcional el vecindario, mejor dicho, la vecina del principal, cuyos balcones, casi siempre, por mi mala ventura, abiertos, encaraban con mi habitación de estudiante-poeta.

¡Mi vecina!... Figuraos una mujer en plena juventud, alta sin exageraciones, esbelta sin flacura, con el pecho robusto, la garganta redonda y las recias caderas moviéndose lascivamente al vaivén de sus graciosísimos andares. Negra y rizosa era su cabellera, erizada en suave patilla sobre las sienes y en tentadores rizos sobre la bien modelada nuca. Tenía los ojos negros y provocativo el mirar; corta, sin que fuera roma, la nariz, pequeña la boca; bermejos los labios y blancos y menudos los dientes, que contaban con las sonrisas de su dueña para no estar ocultos. júntese a esto un cutis de morenas entonaciones y una voz pastosa que andaluceaba las palabras, y se tendrá cabal idea de mi vecina, asombro del barrio y espuela de mi corazón estudiantil.

Tal vez sus manos carecían de aquella finura que dan los escultores, cuando esculpen la femenina belleza, a sus estatuas; quizá no tuvieran sus pies todo el aristocrático dibujo que los sibaritas del goce preceptúan; pero tales quintasesencias no son para apreciadas por un mozo de diez y ocho años que paga un pupilaje de tres pesetas y estudia cuartosegundo de Derecho.

¡Deliciosa vecina!... Yo la miraba a todas horas -a todas las horas que ella se dejaba ver, claro está-; la miraba por la mañana, recién descendida del lecho, cuando abría las vidrieras con los ojos medio cerrados y la cabellera suelta sobre los fuertes hombros; la miraba puesta frente al espejo, estirando los redondos brazos en un bostezo que destacaba todas las líneas y contralíneas de su cuerpo; la miraba después entregándose a los oficios de la peinadora, y luego, en el balcón, acariciando a un pájaro que la requebraba con sus trinos.

La miraba siempre, siempre; y cuando la noche venía, cuando por las mal entornadas maderas desdibujábase entre las sombras de la alcoba su imagen y apagábase de golpe la luz, mirábala mi fantasía como hubieran querido verla mis ojos en la realidad.

Concluí por no ser inquilino del cuarto habitado por mí; inquilino era del balcón, donde me pasaba las horas muertas mirando a mi vecina o aguardando el momento de verla.

Ella se enteró pronto del acecho, y más que evitarlo parecía que lo provocaba con su continuo ir y venir, con su llevar terrones de azúcar a la jaula del pájaro, con el mostrárseme por las entreabiertas vidrieras o la levantada cortinilla en chambra o peinador, apetitosa y codiciable en el semidesabroche de sus matinales vestiduras, tal como esas frutas a medio mondar que entrelucen la sabrosa carne por los colgantes finos de la piel.

No diré mis estudios, pues de ellos no me ocupaba tampoco antes, pero mis partidas de baile, de billar y meriendas, quedaron olvidadas por mi vecina; tan olvidadas como mis disputas con la patrona y mis visitas al tío de la Deuda. Sólo creció mi versofobia. En cuanto mi vecina apagaba la luz y se entregaba al sueño, entregábame yo a mis ensoñares, que se iban volcando sobre cuartillas de papel, en todo linaje de metros.

Toda mi poesía, escrita y no escrita, era para la mujer «de ojos negros y cabellera azul»: así la llamaba en una de mis coplas.

Otro hombre más práctico y con más experiencia que yo no hubiese perdido el tiempo en coplas; hubiese ido directamente a la vecina, contándole en prosa, más o menos sensual, los deseos que ella le inspiraba, y hubiese abierto con palabras y acciones el camino que no concluían nunca de abrir miradas y suspiros.

Pero yo era entonces párvulo amoroso. Mis atrevimientos no pasaban de fregatrices y modistillas. Don Juan de cocina y taller, no acertaba a serlo con Ineses que vivían pisos de lujo y habitaciones de cómoda y elegante decoración. Mi vecina me inspiraba pasión honda, pero me inspiraba también respeto profundo, miedo insuperable. No sabía cómo empezar el asalto de la fortaleza.

No sabía más que escribir versos. ¡Y qué versos, lectores de mi alma! Habíalos de todas clases: alejandrinos, endecasílabos, octosílabos, pentasílabos, cuatrisílabos, trisílabos... hasta unisílabos, gramaticalmente. La musa me chorreaba por la pluma que era una bendición para mí y un tormento para la patrona. Le importaban mis inspiraciones cincuenta céntimos diarios, mejor dicho aún, nocturnos, de petróleo.

La enorme señora llegaba con sus gritos al cielo. Y cuenta que mi patrona no sabía leer. Si sabe y lee mis versos me asesina, porque no a homicidio, a asesinato eran ellos acreedores.

¡Qué versos!... Si los tuviera reunidos, ¡vaya un muestrario! Sólo recuerdo unos, y éstos los voy a copiar para imponerme pública penitencia por las culpas de mi versorrea moceril. Sean mis lectores pacientes, que la composición no es larga.

Allá va.

¡A TI!

Cada letra y cada admiración del ¡A ti! daba cuatro centímetros de largo por dos de ancho: medio tintero se me secó en el título.

¡A TI!

Cuando oigo los cristales de tu balcón
sonar con suave y argentino son,
salgo yo a mis balcones para vellos,
y según se abren o se cierran ellos,
se abre o se cierra mi corazón.
que en el encaje

o el desencaje
de ese vidriaje,
mi ser entero
se halla cautivo:
cuando ellos se abren, sales tú y vivo;
cuando se cierran, huyes tú y muero.

Rendido amante tengo un altar
dentro de mi alma para adorar,
virgen hermosa, tu imagen bella,
único faro y única estrella
que en mi existencia miro brillar.
Si tu hechicera
cara no viera
yo no viviera,
que por ti abjuro
y en ti he cifrado
todos los goces de mi pasado,
todas las dichas de mi futuro.

No cierres nunca de tu balcón
el vidriaje con suave son;
abierto tenlo de noche y día
para que goce la compañía
de tu sonrisa mi corazón.
Que yo te mire,
que yo te admire,
que yo delire
viendo tu altivo
cuerpo hechicero.
Ve que, mirándolo, de amores vivo,
y no mirándolo de amores muero.

¿Qué tal los versos? Destestables; estamos de acuerdo. Sin embargo eran lo mejorcito de la colección.

Del mal en menos si se los hubiese mandado o se los hubiese leído a ella. Puede que le pareciesen admirables. Yo iba a recitárselos a mis coogenios cafetiles. A ella no. Con ella no me atrevía ¡ni a esto! Pongan ustedes el ademán de rúbrica.

Y eso que ella no se mostraba esquiva. Más de una vez respondieron los mirares incitadores de sus ojos a los apasionados mirares de los míos; no pocas fue pago de mis suspiros una dulce sonrisa; ¡cuántas o reció á su pájaro un terrón de azúcar sujeto por sus labios, volviendo los labios hacia mí, como si fuese a mí y no al pájaro a quien ofrecía el terroncito!...

Pues yo, nada; hecho un perfecto idiota. Y cuidado que la calle era estrecha y no precisaba alzar la voz para decir lo necesario a que cesaran de una vez las escenas mudas.

Yo ni un requiebro, ni una carta, que hubiera subido con tanto gusto la portera. Ni un informe, que la portera me hubiese dado también con mucho gusto. Sólo sabía que mi vecina se llamaba Isabel.

¡Isabel! Nombre de reina -murmuraba yo.

Algunas veces, pocas, se asomaba al balcón, juntamente con mi vecina, un señor respetable, de cincuenta y cinco a cincuenta y seis años. Un buen mozo con bigote blanco y el pelo del mismo color. Limpio, serio, cuidadosamente afeitado y vestido, resultaba lo que se llama un viejo guapo. Debía ser su padre; me inspiraba una simpatía estupenda.

Cuando su padre -desde el primer momento le clasifiqué y le llamé por este nombre-, cuando su padre se asomaba al balcón con ella, mi vecina no fijaba ni por casualidad sus negrísimos ojos en mí -¡oh, noble respeto filial!- Yo, también por respeto, entraba en mi cuarto y, sentándome frente a la mesa, fingía garrapatear con la pluma sobre mis papeles. Sólo de tiempo en tiempo y con el rabillo del ojo miraba los balcones fronteros. Los mismos padres de la Biblia no exigieran a sus futuros yernos mayores recogimiento y pudibundez.

Y aquel padre merecía todos los respetos. Era tiernísimo con su hija. Ni una sola vez entraba y salía en la casa sin comérsela a besos y a abrazos. Viudo era mi hombre, a no dudarlo, y besaba en su hija, juntamente con su hija, el recuerdo de la compañera difunta.

Debía salir muy temprano a sus ocupaciones, porque nunca le vi realizarlo. A las once en punto volvía, atravesaba el alegre portal y a los pocos minutos mostrábase en el gabinete de su hija tendiendo hacia ella sus brazos paternales. Salía otra vez a las cuatro, y su regreso era, por seguro, coincidente con mi hora de comer; nunca conseguí verlo reingresado en su domicilio. Ilógico fuera en hombre tan madrugador para sus quehaceres acostarse tarde, y mucho menos trasnochar.

Ella velaba hasta las diez. A los reflejos de la lámpara eléctrica, y tras el velo del historiado cortinaje, la veía yo ir y venir por su gabinete. Recordándola en tales horas la llamé «virgen africana transparentada por huriescos celajes». Se lo llamé, no directamente, a golpe de pluma y sobre una cuartilla donde volqué mi mahometana inspiración.

A eso de las diez, bostezaba la hurí, estirándose como una mortal de poco más o menos; se dirigía hacia el balcón, levantaba los blancos encajes, dirigía sus ojos a mí, cerraba de golpe las maderas y ¡cataplúm!, adiós paraíso de Mahoma, hasta el día siguiente en que Mahoma, es decir, el padre, se presentaba ante mis ojos protegiendo con sus brazos robustos el cuerpo hechicero de la virgen koránica.

De esta suerte corrieron treinta días. A su término, aventuré un piropo. Ella sonrió. Sonrió!... Aquella tarde no pude hacer una carambola.

¿A qué seguir? Tímidas, por obra de medias frases y suspiros enteros, se entablaron entre nosotros relaciones de balcón a balcón; y una noche, en vez de cerrar las maderas, abrió ella de par en par los vidrios y me gritó cuanto puede gritarse en voz baja:

¿Va osté al baile esta noche, vesino?

¿Yo -repuse- ¡Ir al baile yo, mientras usted duerme...! Sería una infamia. Soy incapaz de cometerlas.   Se oyó una risita y tras ella escuché la voz misteriosa de mi vecina:

-Vaya osté, vaya osté -dijo aquella voz-. Es un consejo. Sígalo osté vesino, que no le pesará. Vaya osté a Capellanes.

Y se cerró el vidriaje, y se cerraron las maderas, y se hizo noche la hermosura.

El consejo venía de ella. Desobedecer a su dama es indigno de un caballero, de un enamorado y de un poeta.

Cogí la capa; metí debajo de ella un terno, el mejor; fui a la casa de préstamos, empeñé el terno y el alfiler de corbata en quince duros, y a las doce en punto entraba por la puerta de Capellanes estirándome los puños de la camisa y retorciéndome el bigote.

¡Capellanes!... ¡Oh, Capellanes de mi fenecido mocerío!... ¡Permitidme que lo recuerde! ¡Permitid que evoque la imagen de aquel templo donde Baco y Venus tomaban de pretexto a Terpsícore para derrochar los tesoros propios a sus respectivos y deleitosos cultos! ¡Dejad, lectores, que me remoce con la memoria de aquellos lugares, con vertidos hoy en teatro Cómico!

¿Qué importa la mudanza? Han cambiado el nombre, la forma, la con textura fisiológica del local. El alma, la esencia, persisten.

El mismo espíritu que presidía los bailes, preside las funciones. Lo que antes se hacía en el salón, se hace al presente en el escenario. No hay más diferencia. Antes, el salón era templo de placer y lujuria; el palco escénico lo es ahora. Antes, cualquier pareja convertía los pasillos en nido de amor; ahora, convierte los bastidores; antes, se escuchaban al paso diálogos que ponían las orejas coloradas y los nervios de punta; ahora, repiten esos diálogos, en voz alta, los cómicos; antes, la orquesta acompañaba el lascivo zarandeo de las bailarinas parejas; ahora, la orquesta acompaña tangos y couplets. Palabra de honor que, prescindiendo de la hechura, todo anda igual.

Como si aún existiera, se ofrece ante mí el antiguo salón de Capellanes con sus pasillos, por donde paseaban los viejos aguardando que acabasen de bailar las mozas para hacer eclipse con ellas; con sus palcos descaradotes, faltos de cortinas; con su patio, en cuyo centro ordenaba un encapuchado bastonero el ir y venir de las parejas; con su restaurant, más abundante en Valdepeñas que en Jerez, y en patatas fritas que en trufas; con sus grupos de chulos y chulas, de estudiantes y menestralas, de hembras en venta y de caballeros mercaderes; con su espesa atmósfera saturada con átomos de pachulí y alcohol; con su orquesta barata; con su alegre ruido de voces y besos, de juramentos y de risas; con su total fisonomía, en la que reinaba un gesto doble: el de la juventud, que necesita divertirse, y el de la miseria, obligada a venderse para obtener del vicio el mendrugo que la caridad le negó...

Esto era hace veinte años el hoy teatro Cómico. A él fui la otra noche para ver cómo pateaba sobre el escenario una hembra hermosísima, la cual hembra canta punto más o menos que un grillo. En cambio, ¡tiene unas caderas!... Y váyase lo uno por lo otro. Al fin y al cabo, todo es arte.

Estaba el salón lleno. Bajo la luz que despedían los mecheros de gas se destacaban, como haz de flores sacudido por nerviosa mano, las hembras rebujadas en capuchones rosas, verdes, azules, violetas, amarillos..., ceñidas por airosos mantones de Manila, ufanas de su este y de su otro disfraz, o sencillamente puestas de calle con el bermejo pañuelillo de seda en los hombros, la chillona falda ajustándose sobre las caderas, el zapato de charol contorneando el pie, y el peinado gitano, de revuelta patilla y moño a la nuca, enjoyecido por peinetas, donde el talco se esforzaba en volver brillantes legítimos a simples cachos de cristal.

Los hombres vestían casi todos americanas entalladas, pantalones estrechos, que se arrugaban sobre las botas de caña ceniza, camisas de cuello bajo, corbatas ajustadas con sortijas de oro o doublé, y sombreros de alas casi planas, por bajo de las cuales asomaban los charolados tufos.

La música preludió un schotis. Hombres y mujeres se buscaron para formar parejas; dio el bastonero tres golpes sobre la pateada alfombra y el baile comenzó, ese baile genuinamente madrileño, danza sensual en que los cuerpos se penetran, más que ceñirse, y las caras se juntan, y las manos se clavan en los cuerpos, y los pies apenas se mueven; baile en que la mujer se abandona al hombre y éste casi posee a la mujer, recogiendo el aliento de ella en el hueco de sus resecos labios. La música es en él, no acompañante, sino Celestina de Terpsícore; no armonía, caricia que recorre, cosquilleándolas, las médulas electrizadas de los bailarines.

Yo ocupaba el centro del salón, y, a decir verdad, más que mis ojos en el baile, andábase mi pensamiento por el consejo de mi vecina. «Vaya osté, que no le pesará».

¿Por qué diría eso? -me preguntaba yo- ¿Será una burla hecha de mí? ¿Seré un necio yo, habiéndome plantado en Capellanes tras empeñar mi terno y el alfiler de mi corbata? ¿Habrá sido una cita?... Claro. Si no, ¿a qué decirme que viniera? Pero, ¿va ella a venir? ¿Es posible que venga? ¿Y su reputación? ¿Y su padre?, ¿Se atreverá a burlar la vigilancia de su padre? ¿Se habrá enamorado de mí hasta el punto de vencer naturales rubores y hacerse acompañar por cualquier amiga, de años y experiencia, naturalmente, para que celebremos aquí, en Capellanes, la entrevista que de un balcón a otro solicité de ella la otra noche?»

Ahí andaba mi soliloquio cuando me tocaron en la espalda. No vuelta, pirueta fue mi acción; por obra de ella encontréme frente a frente de una mujer que vestía capuchón de raso negro con lazos rojos, y me miraba fijamente con dos pupilas más negras que su capuchón, y me sonreía con dos labios más encarnados que los lazos de aquél.

No hubo el ¿Me conoces? de ritual en baile de máscaras. «Que?¿Le peza a osté de haber venío? ¿Fue malo el consejo?

Tampoco había disfraz en la voz; era la de mi vecina, con su andaluz ceceo y sus acariciadoras vibraciones.

-¡Usted! -dije-. ¡Usted!... Pero ¿cómo? ¡Si no es posible!...

-Déjese osté de aspavientos -repuso-. Vamos a bailar. Ya hablaremos más tarde.

De estudiante no bailaba yo mal. Puedo afirmarlo sin mentir; las mozas se me disputaban a trastazos. Tocante a schotis ponía el mingo entre mis compañeros. Sin embargo, aquella noche, cuando estreché contra mi pecho el hermoso busto de la hurí de mis versos, estuve muy torpe; hasta creo que la di un pisotón.

Me repuse pronto y dejé a mis pies la faena de llevar el compás de la música, para recrearme en la contemplación de aquellos ojos que medio se entornaban al enfrontarse con los míos; para beber el cálido respirar de aquella boca, por entre cuyos labios asomaban los encajados y pequeños dientes; para modelar con mis dedos temblones desde el hombro hasta la cintura su cuerpo estatuario, que se estremecía a cada movimiento que mi mano indicaba sobre él: para apretar con la otra mano, con la izquierda, la suya enguantada y sentir el tibio calor transmitido a mi piel por los poros de la lustrosa cabritilla...

Fueron minutos deliciosos. Yo, que sólo de lejos pude mirar y hablar y acariciar a aquella criatura, la tenía entonces junto a mí, abandonada, medio desplomada sobre mi hombro, unida a mí en todo el largo de su línea estatuaria, viviendo del calor mío como yo del suyo, mientras su corazón palpitaba al compás de mi corazón y mi boca rozaba su frente entoldada por los negros y bien olientes rizos del pelo.

-¡Isabel!... ¡Isabel!... Me parece un sueño tenerla a usted al lado mío. ¿Es posible que la esperanza se haya vuelto realidad?

-Ya lo ve osté. Ale parese que soy de carne y hueso.

El diálogo se suspendía para reanudarse a los pocos minutos; pero siempre continuaba en forma fragmentaria, con intervalos más sabrosos y más elocuentes que todas las frases.

-Ha venido usted...

-De por fuersa. ¿No me dijo que nesecitaba verme y hablarme? Pues he buscao la manera, y aquí me tiene osté. ¿Qué quería desirme?

-¿Decirle? Todo... Porque todo está dicho diciéndola a usted que la quiero con toda mi alma.

Su mano apretó mimosamente la mía; sus ojos me respondieron mejor que lo hicieran dos mil palabras de su boca, y por si ello no fuera bastante, un mayor desplome de su cuerpo contra mi pecho, un más grande abandono de ella toda entera en mi brazo, fue como prólogo encantador, como sensual heraldo de las dichas que al lado suyo me aguardaban.

-Pero ¿cómo se las arregló usted para venir?

-¿Cómo muy sencillo... Hasiendo que me acompañase la vecina de al lao. Luego la conoserá osté y a él también lo conoserá.

-¿A él?

-Naturalmente. A su marío.

Mi imaginación fue en busca de aquel matrimonio complaciente y honrado que me traía la felicidad a Capellanes. Con la imaginación le di gracias. Luego volví a ella.

¿Ha venido usted con permiso de...

¡Sí!.. ¡Sí!... En la cama cree que estoy.

-¿Y si se entera? Sería un disgusto horrible para ese respetable señor, para su anciano padre de usted...

Una carcajada fue la sola respuesta que merecí de mi vecina.

¿Se ríe usted?

¡Ya lo creo! -Como que tiene mucha grasia!... ¡Mi padre!... No se preocupe osté por mi padre. No se enterará. ¡Pues no faltaría otra cosa!

Y volviendo a reír se abandonó más entre mis brazos.

La vecina de Isabel era una encantadora rubia. Su marido un buen mozo que no pasaba de veinte años. Entramos los cuatro en el ambigú. Allí quedaron la americana y el chaleco, es decir, su importe; pago escaso de los sabrosísimos apartes que tuvimos Isabel y yo.

Muchas veces he cenado, luego de aquella, con una compañía galante y en restaurants más empingorotados y mejor servidos que el de Capellanes. Muchas veces me acompañé de mujeres superiores en hermosura y en trapío a la morena de mi cuento.

Mil noches, recuerdo, durante las cuales saltaban a oleados techos los corchos del champaña, y se derramaba la espuma por los blancos manteles, y el vino resplandecía, semejando un topacio enorme, tras los bohemios cristales de las copas. En tales noches, se me ofrecía la mujer envuelta con encajes y sedas, aromada por aristocráticos perfumes, repujada con galas de finísimo y picante ingenio.

Nada le faltaba al placer para prodigarse todo entero: belleza y lujo en las hembras; reputación y oro en los varones; en ellas y ellos juventud, y para acicate de la juventud, ansiosa de gozar, manjares selectos, vinos exquisitos, flores que esparcían el arco iris sobre los manteles y la esencia de meridionales jardines por la atmósfera...

Nada faltaba, y, no obstante, en ninguna de esas ocasiones fui tan completa, tan absoluta, tan confiadamente feliz, como en el fondo del restaurant capellanesco, junto a la morena que cubría su cuerpo con disfraz de alquiler y sus manos con guantes de un solo botón.

Es que tenía yo diez y ocho años y con ellos el inmenso caudal de inocencias y de candores que el hombre recibe al nacer, y los años van, poco a poco, o mucho a mucho -según se viva y según se sienta-, consumiendo.

Fue la de entonces mi primer aventura formal y acudí a ella sin prevenciones y sin dudas, con el corazón de par en par abierto y la sangre golpeteando generosamente contra las paredes de las venas.

Mi fantasía hizo de Isabel una virgen, un dechado de encantos, un germinal de perfecciones, una celeste e insuperable criatura. ¿No lo era?¿Y qué? Después de todo, y por lo que amores atañe, mas es la fantasía propia que el objeto de nuestro amor quien nos seduce y encadena.

Todos llevamos dentro del cráneo un sueño de amor enjoyecido con estos o aquellos atributos.

Un día, cualquiera, ¿qué importa eso?, vemos frente a los mirares nuestros un ser vivo, una hembra, si somos varones; un varón, si nacimos hembras. Le vemos y le regalamos cuantos atributos condecimos a la imagen fantástica. Este ser, el que concluimos de tropezarnos, no es el forjado por el ensoñar de nuestro espíritu, ¡qué va a serio! Un pretexto es tan sólo. De él nos aprovechamos para convertir el ensueño en carne.

Así, de pretexto en pretexto, vamos derrochando la vida con nuestro amoroso ensoñar dentro de la sesera. Todos morimos sin haberlo poseído hecho realidad. ¡Poseerlo! Feliz quien tropieza una aproximación...

De todas suertes, y vaya en respeto a la verdad, mi vecina estaba encantadora.

Su cara gitanesca destacaba como animado bronce entre la ahuecada capucha del disfraz. Los negros rizos de su pelo adquirían reflejos azulosos; su mirar era un reto a la médula; sus labios se adelantaban preludiando besos; entre sus labios asomaban los dientes, entreabiertos, prontos a morder.   La pechera de su capuchón bajaba y subía con fuerza a los impulsos del fragante alentar. Sus manos más andaban entre las mías que sobre los platos, y sus pies, sus dos pies, se apoyaban contra mis botas de charol.

La rubia y su marido debían estar recién casados. Lo digo al tanto de que cenaron muy juntitos y dieron en hablarse al oído y en apretarse manos y rodillas... Hasta juraría que se traspasaron de boca a boca un cacho de queso manchego.

¿Qué hacer con ejemplos de esta índole? Calcúlenlo ustedes. Yo no estaba para cálculos. Tampoco lo estaba mi vecina. Sólo estábamos uno y otro para lo que hacíamos, para adorarnos, para comunicarnos nuestra adoración con todos los vehículos que Naturaleza ha concedido al hombre -a la mujer, se sobrentiende- al objeto de que realicen sus fines.

Llegó un instante en que no estábamos en Capellanes. Ni en el mundo estábamos tampoco. Nuestras dos personas flotaban entre celajes multicolores que nos impedían ver nada fuera parte nosotros dos.   La cabeza de ella descansaba encima de mi hombro; la mía se inclinaba codiciosamente hacia la suya. Los negros ojos de Isabel, vueltos a mis ojos, se adormecían, se iban poco a poco entornando; he dicho mal, no se entornaban: iba la pupila escondiéndose tras el párpado superior hasta no dejar fuera de él más que una curva negra destacada como semicírculo de azabache, encima del globo blanquiazul. Su naricilla, sensual y respingona, dilataba las ventanas rosáceas; su boca se entreabría; sus dientes se apartaban para dejar que saliera en cálidas ondas el aliento; su broncínea garganta se hinchaba al esfuerzo de la cabeza caída hacia atrás, y el alto seno subía y bajaba en ondulaciones fuertes y anchas; tal que hacen las olas del Océano cuando el mar es de fondo.

Una atracción invencible residía en la preciosa criatura; toda ella era un llamamiento, un «¡ven!»

Perdí la noción del lugar, del tiempo, del espacio. Para mí no existía nada: ni baile, ni café, ni personas a mi alrededor, ni siquiera la botella de manzanilla descorchada sobre la mesa. Solamente existía Isabel; Isabel con la morena cabeza caída sobre mi hombro, y los andaluces ojos desafiando mis quereres, y la fruncida boca llamándome con el imperioso lenguaje del suspiro.

Nada veía, nada intentaba ver tampoco. La nube color rosa de que hablé anteriormente, esa nube formada por vapores de fuego y partículas de ilusión con que Amor viste a sus oficiantes, envolvíame por completo. Alma y carne, todo yo estaba dentro de ella, y los ojos de mi cuerpo y los de mi espíritu no más que en Isabel paraban, no más que a las solicitaciones de sus africanos ojos respondían.

Mi brazo rodeó su cintura, atrayendo el rendido cuerpo, con ansia y temor a la vez; mi cabeza fue inclinándose hacia la suya; mi piel sintió el cosquilleo voluptuoso de sus rizos; de puro cerca, sus ojos y los míos llegaron a no poderse ver; uno sólo fueron nuestros alientos, y un beso, el primero, dio esclavitud mutua a nuestros labios.

En este momento inefable áspera carcajada rompió la nube que nos envolvía. Apenas tuvimos tiempo de despegar nuestras cabezas, mientras una voz ronca e insultante, de borracho y trasnochador, metió por nuestros oídos esta breve y expresiva conminatoria:

«¡Eh, mocitos!... Eso para después. El que más y el que menos tiene su alma en su armario y su hembra en la silla de junto. Las tiene y se aguanta. Con que aguántense ustedes, y no nos corrompan las oraciones con sus baboserías».

Quien así hablaba era un hombre de veintitrés a veinticuatro años. Por las trazas un estudiantón que tenía resuelto no licenciarse como no fuera de presidio.

Alto, fornido, de cara cetrina y achulapada vestimenta, mirábanos con ojos donde convivían la embriaguez y la provocación; y nos sonreía con sonrisa insultante, enseñándonos su puntiaguda dentadura, que el mercurio había esmaltado de negro.

Acompañábanle tres bigardos, idénticos a él en pelaje, y cuatro mujeres, junto a las cuales eran las restantes capellaneras, por lo que hace a prendas morales, vírgenes del santoral más escrupuloso; por lo que cumple a modos y vestir, damas del almanaque Ghotha.

Debieron hacer sus primeras armas en la plazuela de la Cebada vendiendo rábanos y lechugas. Azares de la vida y vaivenes de la pasión arrancáronlas de sus primitivas labores para llevarlas de un lado a otro entre copas de vino tinto, cajas de polvos de arroz, papelillos de colorete y chulos de varias estofas.

Al presente hallábanse medio borrachas, con los chillones pañuelos de seda caídos encima de los hombros, las blusas abiertas, no un poco, un mucho, por debajo de la garganta; los moños en greña, las bocas prontas a la ironía y al insulto y las uñas apercibidas al arañazo.

Sus acompañantes nos miraban bravuconamente, y mientras yo, medio levantado de mi silla, les medía a todos en ese minuto temblón que precede a los puñetazos, el orador, el estudiantón de los ojos desafiadores y los dientes negros, aproximóse a nuestra mesa y dijo con sarcástica cortesía y tartajoso silabeo:

«Lo hablao está hablao. Aquí no somos piedras y hay que enterarse de que estamos en público. Pero no se enfade usté, mocito. Esto es una advertencia necesaria al que, como usté, se encuentra en la lactancia. Aprovéchela usted. Y usted, buena moza, apure este vaso. Se ofrece de buena voluntad».   Juntando palabra y acción el hércules ofreció un vaso de vino a Isabel, poniéndole la mano en el hombro.

Sus amigos y amigas reían a carcajada abierta.

Ni los paladines de las historias medioevales, ni el propio Don Quijote viendo y oyendo insultar a su fantástica Dulcinea, sintieron lo que yo sentí viendo apoyarse la mano del borracho sobre los hombros de Isabel.

Me puse en pie inmediatamente, con los ojos echando lumbre y los nervios convertidos en máquina eléctrica.

A haber sido caballero andante empuñara con la diestra mano a tizona, oprimiera con la siniestra el agudo estilete y cayera sobre el malandrín ofensor de doncellas, espada en alto y puñal en punta.

No era tal y me conformé con una silla. Sólo que la silla era fuerte y mi brazo, ayudado por el coraje, era también fuerte. Volteé la silla en el espacio, hendió ésta el aire con brutal rapidez y cayó de golpe en la cabeza del bellaco, haciéndole rodar por el suelo.

Él se incorporó rápidamente y se vino a mí con la cara llena de sangre y los puños en alto. Sus compañeros pusieron mano a botellas y asientos; las hembras que les acompañaban hicieron lo propio; el marido de la rubia empuñó una cafetera, en mala hora para uno de aquellos borrachos, transportada por un echador; la rubia hizo catapulta otra botella llena de agua; y ella, Isabel, a quien yo creí aterrada, a punto de desvanecerse, como criatura no hecha a lances de este género, tiró a su espalda el capuchón, volvió arma el recipiente de la manzanilla, y pálida de ira, arrogante, ceceando bravas interjecciones, lanzóse contra las furiosas exverduleras y rompió contra la frente de una de ellas el bruñido cristal.

Corrieron juntos vino y sangre por la cara de la mujer; hombres y mujeres formamos furiosa y engrescada maraña; subían y bajaban los puños; las uñas hincábanse en los rostros; los moños flotaban sueltos por la atmósfera; un juramento respondía a otro juramento; esta blasfemia a aquella, este golpe al que el contrario sacudía... Campo de Agramante fue por breves minutos el alegre café, sin que nadie lograra meter paz entre los luchadores.

Afortunadamente, en aquellos tiempos las riñas nunca pasaban a mayores; quiero decir que los puños hacían el principal oficio y que, a lo sumo, se auxiliaban con taburetes y botellas. A ser hoy hubieran salido a relucir navajas y pistolones y revólveres; hubiesen ido al hospital o al cementerio tres o cuatro peleadores; los restantes al Abanico, y rematara en cualquier escribanía de las Salesas la escena de amor comenzada en el salón de Capellanes.

Por mis tiempos estudiantiles no sucedía tal. Las cuestiones se ventilaban a golpazo limpio, y todo terminaba, si terminaba, con un juicio de faltas.

Ni en juicio de faltas terminó siquiera lo nuestro.

Un inspector y dos agentes se encargaron de volvernos a la razón. Los golpes hicieron con los borrachos amoniacal oficio. Vinieron de una y otra parte inmediatas explicaciones, y a los cinco minutos todos apurábamos una botella de manzanilla que el sujeto de los dientes mercuriosos mandó traer.

Yo sangraba de las narices. Isabel tenía un arañazo en un carrillo; la rubia un mordisco en la oreja, y el marido de la rubia el ojo izquierdo hecho un tomate.

Pero, ¿qué importaba ello? Isabel y yo, unidos antes por el primer beso, acabábamos de cimentar la unión afrontando el peligro juntos: un lazo más nos sujetaba; y, cuando terminado el descanso, la música preludió sus acordes, nos dirigimos hacia la sala cogidos por el brazo y cantando en voz baja todas las múltiples y calientes estrofas que componen el himno sagrado del amor.

A un baile siguió otro, y de baile en baile se aumentó nuestra intimidad espiritual y física. En el baile último yo no era yo, era un loco de aquella hermosura, que sin careta ya, con el pelo medio deshecho, los ojos relampagueantes de pasión y la boca entreabierta, se estremecía entre mis brazos con estremecimientos que incendiaban mi sangre y que desquiciaban mis nervios.

A la salida del baile se perdieron la rubia y su esposo.

Isabel y yo también nos perdimos.

¿Dónde? ¿Por dónde? ¿Qué más da? Habiendo juventud y pasión son templos todos los lugares. La pasión y la juventud los consagran...

Al siguiente día, cuando ella apareció en el balcón de su casa acompañada del anciano, sentí remordimientos. Aunque mi pasión y mi juventud me disculpasen, yo había mancillado las canas de aquel respetable señor.

¡Padre infeliz!

A la hora de almorzar recorrí los pasillos de mi casa y entré en el comedor, como recorrían las calles de Roma y entraban en el Capitolio los generales vencedores de aquella república.

Alta la cabeza, desafiador el mirar, erguido el cuerpo, que todavía conservaba el calor de pasadas caricias, sonreí desdeñosamente a mis compañeros de hospedaje; miré con cesariana altanería a la impesable patrona, y me lancé, con heroico desprecio de la vida, al plato de patatas viudas que humeaba enfrente de mí.

Fue un arresto, lo sé; pero estaba en situación de no arredrarme por todos los peligros del mundo y de hacer menosprecio a los más inapreciables dones.

La criada del domicilio, la manchega a quien, en tiempos no lejanos, dispensé los honores de permitir que me adorara, puso en mí, con fregadera ternura, sus ojuelos bizcos. Hube de mirarla con tal expresión desdeñosa, que la pobrecilla no hizo nada a derechas en todo el almuerzo.

De la patrona no hay que hablar. Sí antes de mi triunfo la consideraba imposible, ¿qué efecto no habría de hacerme ahora? Mis compañeros de billar y patrona me parecían seres minúsculos, criaturillas inferiores. ¿Qué sabían ellos de amor, de ventura, de goces? ¡Infelices! ¡Que siguieran, que siguieran con su destino ruin persiguiendo fregatrices y modistillas! No todos los hombres podían igualar mi fortuna; no siempre nace una Isabel para un estudiante.

Dicho sea para honra mía, era yo magnánimo en mi triunfo. A cuenta de despreciarlos, sentí hacia mis cofrades cierta amistosa compasión. Algo parecido a lo que debe experimentar Dios cuando encamina sus miradas hacia los mortales.

Almorcé deprisa y corriendo. Necesitaba verla nuevamente, disfrutar, aunque fuera de lejos, desde mi balcón, aquella hermosura que ya era mía, que no podría dejar de serlo ya. Nos habíamos jurado eterno amor, y mis lectores saben por experiencia que a estos juramentos no se falta.

En el balcón estaba, hechicera, gentil, haciendo competencia a sus flores, jugueteando con el pájaro, mordiendo con su boca bermeja un terrón de azúcar.

El padre seguía junto a ella, y sólo un rápido ojeo pudo cambiarse entre nosotros. Había que esperar a que el noble y confiado anciano saliese.

Esperé, esperé de codos en mi mesa de trabajo, haciendo que leía un libro de leyes, y cerrándolos párpados para vivir por dentro las escenas de la noche anterior.

El padre se mostraba con ella más cariñoso que otros días. Ella se desviaba discretamente de él. Era el remordimiento, el remordimiento, que no le permitía recibir con gusto sincero los halagos del progenitor, cuya confianza había burlado.

Yo sentía igual remordimiento que ella. Tentado estuve de encasquetarme el hongo, bajar a saltos las escaleras, atravesar la calle, subir a casa de Isabel, poner en tormento la campanilla de su cuarto y, cuando me abriesen, arrojarme a los pies del viejo y gritarle, con voz donde vibraran todas las más generosas y nobles pasiones que un estudiante puede sentir:

«Perdóneme usted, noble anciano. He mancillado sus canas, he manchado su honor. ¡Soy un infame! Pero el amor es ciego, y él, sólo él, impulsándonos uno hacia otro, haciendo latir a compás mi corazón y el de ella, fue culpable. Perdóneme usted. Cual nuevo Tenorio arrepentido, caigo a sus plantas ofreciéndole, a cambio del perdón, cuanto ofreciera al arrogante calatravo el altivo burlador de Sevilla. No fuí. Me contenté con esperar a que se fuera él.

Cuando lo hizo, abrazando a su hija, me lancé al balcón, vi cómo ella le daba con la mano los postreros adioses, cómo él trasponía la esquina y cómo ella, libre al fin de la paternal vigilancia, volvía su rostro hacia mí, enviándome una amante y acariciadora sonrisa.

De pronto, entró en su gabinete; la miré apoyarse en una mesa y escribir algo sobre una cuartilla de papel. Puso dentro de un sobre la cuartilla, salió del gabinete y regresó a los pocos minutos, haciéndome una seña que significaba claramente:

«Aguarda un poco, es para ti.»

Por si no bastase la seña, pude ver desde mi balcón cómo la portera de Isabel atravesaba la calle y entraba en mi hospedaje.

En persona fui a abrir la puerta. Tomé la misiva temblando, metí dos pesetas en las manos de la portera, que me hizo una reverencia mayúscula; rompí el sobre y comencé a leer la siguiente epístola, que traslado a estas páginas, sin reformar para nada su ortografía y su sintaxis:

«Nenito de mi coracon. no puedo pasar el día sin berte á ti. Calir no es gueno hoy Conque á las nuebe de la noche y con cuidiaito de que naide te guipe techas ha la caye y te vienes paca. La portera lo zabe tó. Cube que llo estaré esperan dote con la puerta habierta pa que no nesecites de llamar.

»Asta luego centraña tespero con hansia. Tulla con muchos vesos tu

Isabel.»

Declaro que al principio me causó unas miajas de miedo aquello de meterme en su casa, de profanar el sagrado del domicilio.

¿Y si llegaba el padre? Y si nos sorprendía en lo más agudo del íntimo coloquio, ¿qué iba a decirle yo? ¿Cómo justificar mi presencia en el hogar honrado que su trabajo sostenía? ¿Cómo largarme sin recibir antes un estacazo en cualquier sitio de mi cuerpo?

La cosa era grave. Pero, ¡qué demonio, a qué mentir!, también necesitaba ver a Isabel yo; tampoco podía pasar más tiempo sin hallarme junto a ella. Además, ella lo quería, ella lo arrostraba por mí todo. Cobarde, anticaballeroso resultara no igualarla en decisión y en afecto. Iría.

Al sonar la hora me calé el chapeo, embocé mi cuerpo en la capa, atravesé la calle mirando a todas partes, como si alguien se ocupase de mi persona; entré en el portal, saludé tímidamente a la portera, que me devolvió, sonriendo, el saludo; gané los escalones y por la entreabierta puerta entré en el domicilio de Isabel, quien, luego de cerrar, se desplomó en mis brazos, murmurando cinco o seis «Nenes míos».

Bueno. Como mis lectores no son estudiantes de diez y ocho años, y como aun siéndolo, los estudiantes de ahora están más avisados que los de entonces, habrán comprendido que en la casa de enfrente no había padre, sino un caballero de cincuenta y seis años que protegía a la buena moza, y a cambio de su protección gozaba el derecho de estar al lado suyo desde las once de la mañana hasta las cuatro de la tarde.

Esto me lo dijo Isabel al día siguiente.

Al oírla creí que caía del cielo al infierno más horrible que pueda suponer la imaginación de un fanático; pero ella se encargó de volverme al cielo, de darme por cielo aquel piso segundo que otro señor pagaba. Bastóle para conseguirlo mirarme con sus negros ojazos y decirme con aquella voz suya, acariciadora y llena de ceceos:

-Vamos, no zeas niño. ¡Qué le vamos a haser!

No culpen mis lectores a ella y a mí; no tachen de inmoral este proceder nuestro; no nos llamen, a mí, indigno por aposentar mis amores en casa ajena; a ella, infame por ofrecer a mis amores la casa que por obra de otro poseía. Consideren que yo contaba diez y ocho años, y no tenía una peseta, y estaba enamorado como un principiante, es decir, como un loco; consideren que ella era joven, y andaluza, y necesitada de otra juventud para la cual fuese algo más de un cuerpo hermoso que inspira deseo, un cuerpo joven que despierta cariño; consideren eso y perdonen a dos muchachos que se olvidaran de las conveniencias sociales y de los morales respetos, a fin de entregarse a su pasión, de mecerse dentro de la nube color rosa que se forma con vapor de besos en la primavera de la vida. La juventud es como la aurora: todo lo embellece.

En nuestras horas de pasión no era ella la mujer pagada, hecha a los comercios del placer; era una criatura que entregaba su cuerpo con, no diré inocencia, pero sí relativos pudores de esposa, de recién casada, al hombre que se había apoderado de su alma a la vez que de sus sentidos y que despertaba en ella, no exclusivamente sensaciones, sentimientos desinteresados y puros.

No era tampoco yo el mozalbete ansioso de satisfacer físicos anhelos juveniles. Algo más grande existía en mi afección por Isabel; algo que significaba el despertar, la aurora de mi alma, ganosa de esparcirse, de duplicarse, de hacer de nosotros y de nuestros amores no una superposición, una conjunción.

Aurora de amor que el hombre necesita para llamarse hombre con motivo, era el disfrute de Isabel para mí. ¿Que había escogido mal cielo? No importa; la imaginación es cristal que pone sobre el juicio el color que más le conviene para hacerle ver seres y cosas como a ella le agradan.

Eso era Isabel para mí. ¿Y yo qué era para ella? Acaso también un crepúsculo, sólo que era vespertino; crepúsculo durante el cual aquella mujer, sumergida, desde niña quizás, en las nieblas del vicio, quería ver un sol aunque fuese agonizante, un sol de ventura que reflejara rayos de generosos y leales sentires en su alma, nunca pedida con su cuerpo por quienes de él disfrutaron.

Lo cierto es que nos adorábamos sin más objeto ni más interés que adorarnos, y que únicamente cuando la hora del anciano llegaba, nos acordábamos, tristes, muy tristes, de que no éramos matrimonio, ni aun pareja de amantes libres que a nadie tienen que respetar y que temer y a nadie necesitan dar cuenta y razón de sus acciones.

A un lado poesías, acabé por entrar en la casa y por transigir con las horas del anciano ex padre, como si ello fuese hecho natural y corriente.

En cuanto él salía, entraba mi persona; en la casa estaba hasta las diez y media de la mañana siguiente como dueño y señor. La otra casa, la de la patrona gorda y los garbanzos duros, era una casa de respeto.

¡Pícara juventud! ¡Siempre es ella desprecavida y torpe! Por darse un gusto, por satisfacer un capricho, pierde la felicidad y el reposo.

Encajo aquí este pedazo de filosofía archiusada porque viene de molde a los sucesos, mejor dicho, al suceso que voy a referir, ocurrido cuatro meses después de aquella noche, durante la cual el paraíso de Mahoma tuvo la bondad de trasladarse con su correspondiente hurí al bailoteado salón de Capellanes.

El día antes del suceso que contaré había cobrado este mozo su mensualidad. Se jugaba entonces en Madrid y tuve el antojo de probar fortuna en uno de los infinitos centros de recreo con que entonces se honraba la villa y se enriquecían banqueros y se arruinaban puntos.

Gané, sí, señores; gané dos mil pesetas, cantidad fabulosa para un estudiante que percibía treinta duros por única mensualidad.

Excusado es decir que di a correr con los billetes, con los dos enormes billetes, en busca de Isabel, y excusado es también agregar que los cambiamos inmediatamente y que decidimos ir repartiendo el cambio en varios establecimientos.

Lo primero unas orlas para ella. Diez duros. Hay que advertir que eran muy grandes y que la turquesa parecía enteramente de verdad; las chispas eran naturales; después un pañuelo de seda negro con rayas encarnadas; inmediatamente unas medias de seda... y caladas; luego unas botinas, y luego... luego le hubiese mercado el cielo, si el cielo se comprase con billetes de Banco.

Ya sé que hay mucha gente para quien el cielo es cotizable, ya lo sé; y sé que, gracias a esa creencia estúpida, los conventos aumentan en este país y los frailes engordan. Lo sé. Solamente que yo no pertenezco al gremio de los cotizadores celestiales; no creo en pagarés contra el Paraíso; bien es verdad que tampoco creo en otra infinidad de cosas en las cuales creen o aparentan creer los que dan para edificar conventos y los que engordan frailes y los frailes que se dedican a que los engorden.

Yo merqué en cierta casa de préstamos una capa con más adornos y dibujos que un muestrario de Iturzaeta; merqué la capa y un sombrero ancho. Con las dos prendas parecía talmente un tripicallero en bodorrio. Estaba encantador.

Digna coronación de las compras nuestras fue el teatro donde vimos un drama de Echegaray, que aún no había sido declarado imbécil por sus envidiadores, y digno remate de tal coronación fue la espléndida cena con que Isabel, la rubia de Capellanes, el marido de la rubia, que era tan marido como yo, y yo, nos obsequiamos en un gabinete de Fornos.

Para las ostras, Sauternes; para la sopa, A. B. González Bías; para las carnes, Burdeos; para el pescado, Manzanilla; para el pollo, Champagne, amén de Cognac para el café, y de Chartreusse para hacer competencia al Cognac. Vale decir que salimos de Fornos más que medianamente borrachos y que eran las cinco de la madrugada cuando Isabel y yo tomamos un coche a la puerta del restaurant. Los billetes habían disminuido por modo extraordinario, pero nosotros éramos felices.

¡Ay, cuántos billetes diera yo por ser tan despreocupadamente feliz como aquella noche!...

Nevaba. El vino tiene de vez en cuando burbujeos artísticos. Aquella noche los tuvo en el cerebro de Isabel.

-¿Por qué no vemos Madrí nevado antes de meternos en casa, - me dijo-. Aquí, dentro del coche, apretados el uno contra el otro, no tendremos frío. ¿Quieres? A más, la luna es tan clara que su luz paese el sol. ¡Anda, nene!

-¡Anda, cochero! -contesté -; echa por ahí, fuera de las calles. La nieve en el campo es más bella. Anda. Espérate un poco, llevaremos una botella de cognac para combatir la congelación. Eso es... ¡Mozo, muchas gracias! ¡Arrea!...

Salimos al campo; el espacio tenía coloraciones melancólicas; sus tintas eran grises, flotantes, como las nubes de incienso que llenan los ámbitos de una iglesia durante un funeral. La tierra, tapizada de nieve, parecía una inmensa lápida de mármol blanco, a la que sólo faltaba el nombre del cadáver para ser tumba. Las hierbas, por cima de la nieve engalladas, adquirían, al entonarse con la blancura de ésta, matices negruzcos de corona mortuoria. Los árboles, cubiertos de copos medio helados, parecían estatuas funerarias arrebujándose en sus sudarios; la escarcha, colgando del ramaje, remedaba lágrimas cristalizadas por el sufrimiento; el aire tenía dejos de gemido; la solitaria carretera, melancolías de camposanto; los escasos transeúntes, con el rostro oculto por las bufandas y la silueta difuminada por la niebla, actitudes de espectro.

No sé por qué, acaso porque el vino se me volvió triste, antojóseme que en aquel instante algo, quizás la primera dicha amorosa de mi vida, agonizaba en mí, y que la naturaleza vestía sus espléndidos lutos para darme el pésame.

La nieve caía, caía en copos monótonos, golpeando contra los cristales del coche, como golpeaba en mi alma la tristeza.

Fue la tristeza guía de mis ojos, y los puse en la mujer que se apretaba contra mí silenciosa, apoyando su morena cabeza en mi hombro. Y también ignoro por qué, acaso porque mi vino se iba haciendo cada vez más triste, toda la vida de aquella criatura fue presentándose ante mis ojos tal como era en realidad: un himno doloroso construido con notas de anemia, de abandono, de prostitución y de infamia.

Era la historia de la obrera nacida en la miseria, criada en el desamparo y en la ignorancia, pasando del hambre a la mancebía, de la mancebía al hospital y del hospital a la fosa común, sin haber tropezado nunca con la dicha, con el amor, más que de paso, y con el reposo más que por accidente, en el transcurso de su viaje terrible.

Era un compendio amargo de todos los sufrimientos que acogotan desde su niñez a la hija del obrero, al obrero mismo, a todos los desheredados del mundo, a todos los seres humanos que reclaman, unas veces con voces de súplica, otras con gritos de odio, su puesto en la dicha común.

Era un alegato formidable, quizás un llamamiento hecho a los hombres de buena voluntad en nombre de los que no tienen pan que llevar a la boca y afectos que llevar al alma...

Tal era, tal sería, en resumen, la historia de Isabel, de la muchacha que medio dormitaba en mi hombro, con el capuchón de raso caído contra la espalda y los rizos del pelo entoldados sobre los ojos soñadores. Su infancia fue abandono y miseria; su mocedad, trabajo servil: su cuerpo, mercancía, primero, tomada por asalto; luego vendida de un almacén en otro.

Yo representaba, para ella, un alto en aquel viaje de ignominia; un alto brevísimo, luego del cual seguiría el viaje, a la vez más negro y más penoso, según que los años fueran robando hermosura al rostro y deformando las líneas gentiles del cuerpo...

Al fin, nada; un harapo de humanidad envuelto en unos harapos de tela, yendo de calle en calle con la mano extendida y la voz envuelta en aguardiente; algo que, una tarde cualquiera, empujaría el sepulturero con el pie para que rodase a la fosa grande.

Esta era la historia, este el porvenir de la muchacha que temblaba junto a mí de frío y de deseo.

La miré con piedad infinita, e inclinándome lentamente hacia ella puse en sus rojos labios un beso, que más tenía de compasivo que de amante.

Yo, andando el tiempo, volaría donde mis conveniencias o mis ambiciones me llevaran; ella seguiría amarrada a la argolla con que la sujetó el Destino al nacer.

-¿Qué tienes? -me dijo ella - pareses preocupao, tristonsiyo. ¿Qué te pasa, nene de mis ojos? ¿Te pone así la nieve? Miá... a mí tamién me da no sé qué verlo to tan blanco. Anda, ámonos pa casa.

-Sí, vamos...

Y el coche dio la vuelta a Madrid, y yo, rodeando con mis brazos la esbelta cintura de Isabel, la atraje hacia mi pecho, mientras la nieve seguía cayendo, cayendo, en copos blancos y heladores.

¡Tan!... ¡Tan!... ¡Tan!

-¡Las once! -gritó Isabel sacudiéndome con rudeza mientras contaba las campanadas del reloj-. ¡Las once!... ¡Pronto! ¡Despiértate!... Oyes, hombre! ¡Las once!... ¡La hora!... ¡A escape! ¡A escape!... ¡No hay que perder tiempo! ¡Vístete!... ¡Va a venir!

Desperté como se despierta siempre después de beber mucho vino, hecho un perfecto idiota; pero mi idiotez duró poco. Una sola palabra, que oí distintamente, me dejó más fresco que una lechuga y más despavilado que un gallo en el punto de amanecer.

-¡Las once! -dije - ¡y estoy aquí! ¡Pronto, pronto mi ropa!...

De un salto me planté en el suelo y comencé a vestirme sin parar mientes en perfiles y últimos toques. De la camisa abroche un botón, de las botas cuatro, de los pantalones la pretina. El nudo de la corbata quedó para mejores tiempos, los botones del chaleco tal que si aquel Diciembre fuese Agosto, es decir, libres de sus ojales. Me encasqueté el sombrero, echéme sobre los hombros la capa, y sin decirle adiós a Isabel, ¡para adioses estaba mi persona!, gané el pasillo y abrí la puerta de la calle.

Al abrir la puerta di de bruces con el anciano, con el dueño y señor de aquel domicilio, el cual se puso a mirarme silenciosamente de arriba abajo.

No soy, mejor dicho, no era cobarde en aquellos tiempos, y a más llevaba en el bolsillo de la americana un pistolón del quince. Pues ni de valor ni de pistolón hice cuenta; me quedé perplejo, temblando, con los ojos bajos y los brazos caídos contra los embozos de la capa.

¿Qué hacer? ¿Qué decir? ¿Cómo justificar mi presencia en aquella casa, en la casa que pagaba aquel hombre? ¿Cómo salvar a Isabel de sus iras? ¿Cómo evitar que el hombre conociese su engaño y tomara desquite de él?

Fue un momento horrible. No me hacían falta espejos para saber que estaba hecho un cadáver. Traté de hablar, mi lengua se negó a moverse; quise dar un avance, como si hubiese echado raíces en el suelo. Caballero... Ca... balle... ro... -balbuceé.

-No se asuste usted, pollo -me dijo el anciano con serena voz-. Ni yo me como los niños crudos, ni el caso es para tanto. Tranquilícese, tranquilícese y oiga.

Bueno estaba yo para tranquilidades. Tragué saliva y balbuceé otra vez: Caba... lle... ro.

-He dicho a usted que no se asuste -continuó el sujeto-. Cree usted que yo ignoraba esto y que el hecho me coge de sorpresa; no sea usted idiota, infeliz. Lo sabía y he hecho la vista gorda porque tengo cincuenta y ocho años e Isabel tiene veinte, y usted no cumplió diez y nueve.

Cuando se siente el capricho de las mujeres guapas y se tiene mi edad y no se es un despreciable majadero, hay que contar con estas cosas. Yo cuento. ¿Va usted enterándose?

-Yo...

-Sí, mocito, sí; es la ley y todos la cumplimos cuando nos llega la ocasión. También le llegará a usted la suya. Hoy, yo, que tengo cincuenta y ocho años, pago una mujer para que usted, que tiene diez y nueve, la disfrute gratis. Mañana, usted, si no se muere, tendrá cincuenta y ocho años y pagará para que otros disfruten. Hay que resignarse. Son letras a treinta años fecha. Yo pago la mía y le anuncio el giro de la suya. Hay que resignarse. Vaya usted con Dios; pero tenga en cuenta una cosa. Si otro día, a las once, le encuentro en esta puerta o en la escalera de la casa, le cojo por los fondillos del pantalón y va al portal sin necesitar pisar los escalones. Servidor de usted.

FIN